AF371200

ATELIER

Paul SAIN

ARTISTE PEINTRE

Chevalier de la Légion d'Honneur

PARIS.   DÉCEMBRE 1908

E. GREVIN
IMPRIMERIE DE LAGNY
S.-&-M.

CATALOGUE

DES

TABLEAUX

PAR

Paul Saïn

CHEVALIER DE LA LÉGION D'HONNEUR

dont la Vente par suite de décès

AURA LIEU

HOTEL DROUOT, Salle N° 11

Le Mercredi 2 Décembre 1908, à 2 heures précises

Mᵉ Gustave COULON	MM. J. CHAINE & SIMONSON
COMMISSAIRE-PRISEUR	EXPERTS
12, rue de la Victoire, 12	19, rue Caumartin, 19

EXPOSITION PUBLIQUE

Le Mardi 1ᵉʳ Décembre 1908, Hôtel Drouot, Salle n° 11.

De 1 heure 1/2 à 5 heures 1/2

CONDITIONS DE LA VENTE

La Vente sera faite au Comptant.

Les acquéreurs paieront *Dix pour cent* en sus des enchères.

PRÉFACE

Quand je rencontrais au *Figaro* le regretté et charmeur
EMMANUEL ARÈNE, je pensais, par une association d'idées inévi-
tables, au peintre PAUL SAÏN. Maintenant que je vois réunis les
études et les tableaux de Paul Saïn, sur le point d'être dispersés,
je pense à Emmanuel Arène...

A chaque veille de Salon, en effet, cet homme d'un esprit si
étincelant, qui était en même temps un homme d'un cœur très
sûr pour ses véritables amis, ne manquait pas de me dire :
« Surtout n'oubliez pas de regarder les envois de mon cher Paul
Saïn ! » Je n'y aurais certainement pas manqué, car ces envois
étaient de ceux qui ne passaient jamais inaperçus. Mais j'étais
touché de ce joli trait d'amitié constante.

C'est ainsi que je sus, sans avoir jamais l'occasion de ren-
contrer l'artiste, quel homme séduisant, quel sympathique et
plaisant garçon fut le peintre célèbre des matins argentés de
l'Orne, et des soirs provençaux délicatement dorés. Je ne serai
donc pas suspect à mon tour d'être influencé par une affection
personnelle en disant du bien des études que je viens de feuilleter
et que les amateurs de jolies choses franches, délicates et
sincères vont voir bientôt passer en vente.

Toute l'intimité d'un talent sympathique, d'une bonne grâce
sans arrière-pensées, d'un très simple et très tendre amour de
la nature, va ainsi être livrée au public... Mais heureux le
peintre qui n'a rien à cacher ! Au contraire ces études sont
insoupçonnées même de ceux qui constataient chaque année le
vif succès des grands tableaux du Salon. Ceux-ci avaient fait la
célébrité du peintre, celles-ci lui créeront des amitiés posthumes.

Pour ma part, je regrette maintenant que les circonstances ne m'aient pas été propices pour une connaissance personnelle. Il me semble que j'aurais aimé entendre ce clair et vivant notateur d'aspects me raconter, devant ces toiles et ces panneaux intimes, sa Provence natale, sa Corse d'adoption, son Saint-Cenery de notoriété, toutes les impressions fraîches, parfumées, dont il récoltait de si jolis bouquets.

Ces petits tableautins de Bastia, avec leurs flaques maritimes de saphirs, leurs routes toutes bordées de plantes vives et sauvages, toute cette nature pour laquelle il faudrait justement, hélas! la plume d'Arène afin de la décrire avec le plaisir de la race, qui fait trouver des accents encore bien plus prenants que le plaisir des yeux, -- ces petites peintures, dis-je, sont dignes de trouver leur place dans d'excellentes collections, comme l'ont fait naguère celles de Chintreuil et de plusieurs autres parmi nos meilleurs paysagistes.

J'aurais voulu le dire plus longuement, le dire mieux surtout. Mais il aurait fallu pour cela parler avec mes souvenirs, au lieu de parler comme je le fais avec ma sympathie et mon enchantement de fraîche date, — et ce sont choses que vous pouvez ressentir aussi vivement que moi.

Arsène ALEXANDRE.

CATALOGUE

DES

TABLEAUX

DÉSIGNATION

1. — *Effet de Neige à Issy-les-Moulineaux.*
SIGNÉ A GAUCHE.

Toile Haut. 1ᵐ10; Larg. 0ᵐ70.

2. — *Paysage de Provence en hiver.*
SIGNÉ A DROITE.

Toile Haut. 2ᵐ; larg. 1ᵐ30.

3. — *Aux Moulineaux; Seine.*
SIGNÉ A GAUCHE.

Toile Haut. 1ᵐ50; Larg. 0ᵐ86.

4. — *Les Vaux de Cernay; Vallée de Chevreuse.*
SIGNÉ A DROITE.

Toile Haut. 1ᵐ30; larg. 2ᵐ.

5. — *Soir d'automne.*
SIGNÉ A DROITE.

Toile Haut. 1ᵐ30; larg. 2ᵐ.

6. — *Carrière dans la Camargue.*
SIGNÉ A DROITE.

Toile Haut. 0ᵐ50; Larg. 0ᵐ80.

7. — *Les Nénuphars à Saint-Cenery.*
SIGNÉ A DROITE.

Toile Haut. 0ᵐ60; Larg. 0ᵐ84.

8. — *Soleil couchant à Pont-d'Avignon.*
SIGNÉ A GAUCHE.

Toile Haut. 0ᵐ67; Larg. 0ᵐ92.

9. — *Lever de Lune sur Avignon.*
SIGNÉ A DROITE.

Toile Haut. 0ᵐ67; Larg. 0ᵐ92.

10. — *La route du Cap à Bastia.*

signé a droite.

Toile Haut. 0^m46; Larg. 0^m61.

11. — *La réserve du Moulin à Saint-Cenery.*

signé a gauche.

Toile Haut. 0^m39; Larg. 0^m55.

12. — *Le Sentier du Plateau; environs d'Orsay.*

signé a droite.

Toile Haut. 0^m55; Larg. 0^m38.

13. — *Le vieux Philosophe, à la Ciotat.*

signé a droite.

Toile Haut. 0^m38; Larg. 0^m55.

14. — *Le Perreux, près Nogent-sur-Marne.*

signé a gauche.

Toile Haut. 0^m38; Larg. 0^m55.

15. — *Les Martigues.*

signé a droite.

Toile Haut. 0^m32; Larg. 0^m55.

16. — *Le Chemin de la Carrière, à Lozère-Palaiseau.*

signé a droite.

Toile Haut. 0^m38; Larg. 0^m55.

17. — *Les Bords du Clain, près Poitiers.*

signé a droite.

Toile Haut. 0^m46; Larg. 0^m33.

18. — *Environs d'Avignon.*

signé a gauche.

Toile Haut. 0^m41. Larg. 0^m27.

19. — *Le Lac Leman, à Thonon.*

signé a gauche.

Toile Haut. 0^m27; Larg. 0^m41.

20. — *La Mare aux Peupliers, soir d'automne.*

signé a droite.

Toile Haut. 0^m41; Larg. 0^m27.

21. — *Le Lac Leman, près Thonon.*

signé a droite.

Toile Haut. 0^m27; Larg. 0^m40.

22. — *Source dans le Parc de Villeneuve-l'Étang.*

SIGNÉ A DROITE.

Toile Haut. 0^m34; Larg. 0^m46.

23. — *Les Tours de Chateaurenard; Provence.*

SIGNÉ A DROITE.

Toile Haut. 0^m46; Larg. 0^m34.

24. — *Les Châtaigniers à Corbeville.*

SIGNÉ A DROITE.

Toile Haut. 0^m38; Larg. 0^m55.

25. — *Ciel orageux; Vallée de l'Yvette.*

SIGNÉ A GAUCHE.

Toile Haut. 0^m38; Larg. 0^m55.

26. — *Lisière de bois; Lever de Lune.*

SIGNÉ A DROITE.

Toile Haut. 0^m38; Larg. 0^m55.

27. — *Les Herbes folles; environs d'Orsay.*

SIGNÉ A DROITE.

Toile Haut. 0^m38; Larg. 0^m55.

28. — *Dans la fôret de Perseigne, près Alençon.*

SIGNÉ A DROITE.

Toile Haut. 0^m55; Larg. 0^m38.

29. — *Dans la plaine à Lozère-Palaiseau.*

SIGNÉ A GAUCHE.

Toile Haut. 0^m38; Larg. 0^m55.

30. — *Bords de la Sarthe à Saint-Cenery.*

SIGNÉ A GAUCHE.

Toile Haut. 0^m38; Larg. 0^m55.

31. — *Marée basse à Camaret.*

SIGNÉ A DROITE.

Toile Haut. 0^m39; Larg. 0^m55.

32. — *A Ploubaslanec; Côtes-du-Nord.*

SIGNÉ A GAUCHE.

Toile Haut. 0^m38; Larg. 0^m55.

33. — *Le Matin au bord de la Sarthe.*

SIGNÉ A DROITE.

Toile Haut. 0^m38; Larg. 0^m55.

34. — *Le Port d'Anvers.*

SIGNÉ A GAUCHE.

Toile Haut. 0^m38; Larg. 0^m55.

35. — *La Sarthe à Saint-Cenery.*

SIGNÉ A GAUCHE.

Toile Haut. 0^m38; Larg. 0^m55.

36. — *Ruisseau sous bois; Suisse.*

SIGNÉ A GAUCHE.

Toile Haut. 0^m38; Larg. 0^m55.

37. — *Le Labour au Guichet; environs d'Orsay.*

SIGNÉ A GAUCHE.

Toile Haut. 0^m38; Larg. 0^m55.

38. — *Cerisiers en fleurs; Lozère; Palaiseau.*

SIGNÉ A DROITE.

Toile Haut. 0^m38; Larg. 0^m55.

39. — *Cancale à marée basse.*

SIGNÉ A GAUCHE.

Toile Haut. 0^m38; Larg. 0^m55.

40. — *Barques de Pêche en Bretagne; Camaret.*

SIGNÉ A GAUCHE.

Toile Haut. 0^m38; Larg. 0^m55.

41. — *La Mare, environs d'Avignon.*

SIGNÉ A GAUCHE.

Toile Haut. 0^m38; Larg. 0^m55.

42. — *Dans les Beni-Ramassés; Constantine.*

SIGNÉ A DROITE.

Toile Haut. 0^m38; Larg. 0^m55.

43. — *Sur le versant du Coteau de la Châtaigneraie.*

SIGNÉ A GAUCHE.

Toile Haut. 0^m38; Larg. 0^m55.

44. — *Les Sapins aux Brenets; Suisse.*

SIGNÉ A GAUCHE.

Toile Haut. 0^m55; Larg. 0^m38.

45. — *L'entrée de la Vallée de Saint-Clair, en Provence.*

SIGNÉ A GAUCHE.

Toile Haut. 0^m38; Larg. 0^m55.

46. — *Environs d'Orsay; Vallée de l'Yvette.*

SIGNÉ A DROITE.

Toile Haut. 0ᵐ38; Larg. 0ᵐ55.

47. — *Au Guichet à Orsay; Seine-et-Oise.*

SIGNÉ A DROITE.

Toile Haut. 0ᵐ38; Larg. 0ᵐ55.

48. — *Les aubes dans la Barthelasse; matin de printemps.*

SIGNÉ A GAUCHE.

Toile Haut. 0ᵐ55; Larg. 0ᵐ38.

49. — *Près le Village de Chérué; Bretagne.*

SIGNÉ A GAUCHE.

Toile Haut. 0ᵐ38; Larg. 0ᵐ55.

50. — *La Sarthe près Saint-Cenery.*

SIGNÉ A GAUCHE.

Toile Haut. 0ᵐ38; Larg. 0ᵐ55.

51. — *Le Versant du plateau de Corbeville.*

SIGNÉ A GAUCHE.

Toile Haut. 0ᵐ38; Larg. 0ᵐ55.

52. — *Dans les Beni-Ramassés; Constantine.*

SIGNÉ A DROITE.

Toile Haut. 0ᵐ38; Larg. 0ᵐ55.

53. — *Le Chemin du Moulin, près Saint-Cenery.*

SIGNÉ A DROITE.

Toile Haut. 0ᵐ38; Larg. 0ᵐ55.

54. — *Soir d'hiver; environs d'Avignon.*

SIGNÉ A GAUCHE.

Toile Haut. 0ᵐ46; Larg. 0ᵐ38.

55. — *Peupliers à la Barthelasse.*

SIGNÉ A DROITE.

Toile Haut. 0ᵐ46; Larg. 0ᵐ38.

56. — *La Plaine de Furiani; Corse.*

SIGNÉ A GAUCHE.

Toile Haut. 0ᵐ33; Larg. 0ᵐ55

57. — *Près de l'Étang de Biguglia; Corse.*

SIGNÉ A DROITE.

Toile Haut. 0ᵐ33; Larg. 0ᵐ55.

58. — *L'anse de Ficajola; Corse.*

signé a droite.

Toile Haut. 0ᵐ33; Larg. 0ᵐ55.

59. — *La Route du Hammam; Constantine.*

signé a droite.

Toile Haut. 0ᵐ34; Larg. 0ᵐ46.

60. — *La Seine au Bas-Meudon.*

signé a gauche.

Toile Haut. 0ᵐ34; Larg. 0ᵐ46.

61. — *Le Lac de Genève à Thonon.*

signé a gauche.

Toile Haut. 0ᵐ34; Larg. 0ᵐ46.

62. — *Le Chemin de Saint-Antoine; environs de Bastia.*

signé a gauche.

Toile Haut. 0ᵐ34; Larg. 0ᵐ46.

63. — *Bords de la Bièvre.*

signé a droite.

Toile Haut. 0ᵐ34; Larg. 0ᵐ46.

64. — *Port de Marseille.*

signé a gauche.

Toile Haut. 0ᵐ34; Larg. 0ᵐ46.

65. — *Le Port d'Ajaccio; Corse.*

signé a droite.

Toile Haut. 0ᵐ34; Larg. 0ᵐ46.

66. — *La Mare aux Nénuphars.*

signé a gauche.

Toile Haut. 0ᵐ34; Larg. 0ᵐ46.

67. — *Matin en Provence.*

signé a droite.

Toile Haut. 0ᵐ34; Larg. 0ᵐ46.

68. — *Pommiers en fleurs.*

signé a gauche.

Toile Haut. 0ᵐ34; Larg. 0ᵐ46.

69. — *Chemin en Corse.*

signé a gauche.

Toile Haut. 0ᵐ32; Larg. 0ᵐ46.

70. — *La Mare à la Barthelasse.*

SIGNÉ A GAUCHE.

Toile Haut. 0^m32 ; Larg. 0^m46.

71. — *La Plage à Bastia.*

SIGNÉ A DROITE.

Toile Haut. 0^m30 ; Larg. 0^m46.

72. — *A Ver-sur-Mer; Calvados.*

SIGNÉ A DROITE.

Toile Haut. 0^m30 ; Larg. 0^m46.

73. — *Le Pont du Château, près Clermont-Ferrant.*

SIGNÉ A GAUCHE.

Toile Haut. 0^m30 ; Larg. 0^m40.

74. — *Citronniers en Corse.*

SIGNÉ A DROITE.

Toile Haut. 0^m30 ; Larg. 0^m40.

75. — *Un Fondouck aux Beni-Ramassés.*

SIGNÉ A DROITE.

Toile Haut. 0^m27 ; Larg. 0^m41.

76. — *Les Toits des Beni-Ramassés; Constantine.*

SIGNÉ A DROITE.

Toile Haut. 0^m27 ; Larg. 0^m41.

77. — *Quartier de la Pierre de l'Impératrice; Bastia.*

SIGNÉ A GAUCHE.

Toile Haut. 0^m34 ; Larg. 0^m46.

78. — *La Vallée de Rummel; Constantine.*

SIGNÉ A GAUCHE.

Toile Haut. 0^m27 ; Larg. 0^m41.

79. — *Route blanche en Corse.*

SIGNÉ A DROITE.

Toile Haut. 0^m27 ; Larg. 0^m41.

80. — *La Plage à Bastia.*

SIGNÉ A GAUCHE.

Toile Haut. 0^m38 ; Larg. 0^m55.

81. — *Bords de l'eau; environs de Paris.*

SIGNÉ A DROITE.

Toile Haut. 0^m24 ; Larg. 0^m40.

82. — *La Route des Angles; environs d'Avignon.*

SIGNÉ A DROITE.

Toile Haut. 0ᵐ24; Larg. 0ᵐ35.

83. — *Coucher de Soleil dans l'île de Piot, à Avignon.*

SIGNÉ A DROITE.

Toile Haut. 0ᵐ22; Larg. 0ᵐ32.

84. — *L'Étang de Biguglia, près Bastia.*

SIGNÉ A DROITE.

Toile Haut. 0ᵐ27; Larg. 0ᵐ45.

85. — *Environs de Malaucène; Vaucluse.*

SIGNÉ A DROITE.

Toile Haut. 0ᵐ27; Larg. 0ᵐ41.

86. — *Peupliers à Avignon.*

SIGNÉ A DROITE.

Toile Haut. 0ᵐ27; Larg. 0ᵐ41.

87. — *Pont de Bastia; Soleil couchant.*

SIGNÉ A DROITE.

Toile Haut. 0ᵐ33; Larg. 0ᵐ46.

88. — *L'Étang de Berre.*

SIGNÉ A GAUCHE.

Toile Haut. 0ᵐ25; Larg. 0ᵐ40.

89. — *La Réserve du Moulin.*

SIGNÉ A GAUCHE.

Toile Haut. 0ᵐ50; Larg. 0ᵐ74.

90. — *Lisière de bois, le soir.*

SIGNÉ A DROITE.

Bois Haut. 0ᵐ33; Larg. 0ᵐ22.

91. — *Le Fort de Saint-André à Villeneuve-lès-Avignon.*

SIGNÉ A GAUCHE.

Bois Haut. 0ᵐ22; Larg. 0ᵐ33.

92. — *Un Coin de la Volane à Vals; Ardèche.*

SIGNÉ A DROITE.

Bois Haut. 0ᵐ22; Larg. 0ᵐ33.

93. — *La Route de Toga; Bastia.*

SIGNÉ A GAUCHE.

Bois Haut. 0ᵐ22; Larg. 0ᵐ33.

94. — *A Miomo; Bastia.*

SIGNÉ A DROITE.

Bois Haut. 0^m22; Larg. 0^m33.

95. — *Bastia vu du Monte-Piano.*

SIGNÉ A GAUCHE.

Bois Haut. 0^m22; Larg. 0^m33.

96. — *Le Port de Bastia.*

SIGNÉ A DROITE.

Bois Haut. 0^m22; Larg. 0^m33.

97. — *Près de la Tour de Toga; le Troupeau.*

SIGNÉ A DROITE.

Bois Haut. 0^m22; Larg. 0^m33.

98. — *Bastia; Temps gris.*

SIGNÉ A DROITE.

Bois Haut. 0^m22; Larg. 0^m33.

99. — *La Citadelle à Ajaccio et l'entrée du Port.*

SIGNÉ A GAUCHE.

Bois Haut. 0^m22; Larg. 0^m33.

100. — *Environs de Bastia; les Cactus.*

SIGNÉ A GAUCHE.

Bois Haut. 0^m22; Larg. 0^m33.

101. — *La Route du Fango.*

SIGNÉ A DROITE.

Bois Haut. 0^m22; Larg. 0^m33.

102. — *Le Chemin du Port; Bastia.*

SIGNÉ A DROITE.

Bois Haut. 0^m22; Larg. 0^m33.

103. — *Chemin du Fort de Toga; Corse.*

SIGNÉ A DROITE.

Bois Haut. 0^m22; Larg. 0^m33.

104. — *Rasignano; environs de Bastia.*

SIGNÉ A GAUCHE.

Bois Haut. 0^m22; Larg. 0^m33.

105. — *Le Château de Bassieux, près d'Anse; Rhône.*

SIGNÉ A GAUCHE.

Bois Haut. 0^m22; Larg. 0^m33.

106. — *Le Soir à Saint-Cenery; La Vanne.*

SIGNÉ A GAUCHE.

Bois Haut. 0ᵐ22; Larg. 0ᵐ33.

107. — *La Vanne de la Forge, à Saint-Cenery.*

SIGNÉ A DROITE.

Bois Haut. 0ᵐ22; Larg. 0ᵐ33.

108. — *Cours d'eau en Algérie.*

SIGNÉ A DROITE.

Bois Haut. 0ᵐ22; Larg. 0ᵐ33.

109. — *A Milianah.*

SIGNÉ A GAUCHE.

Bois Haut. 0ᵐ22; Larg. 0ᵐ33.

110. — *Près du Port de Saint-George de Didonne; Charente-Inférieure.*

SIGNÉ A GAUCHE.

Bois Haut. 0ᵐ22; Larg. 0ᵐ33.

111. — *Le Vieux Chemin du Château de Bassieux; Rhône.*

SIGNÉ A DROITE.

Bois Haut. 0ᵐ22; Larg. 0ᵐ33.

112. — *L'Arc de Marius à Orange; Vaucluse.*

SIGNÉ A DROITE.

Bois Haut. 0ᵐ22; Larg. 0ᵐ33.

113. — *La Plage et le Phare de Saint-George de Didonne.*

SIGNÉ A DROITE.

Bois Haut. 0ᵐ22; Larg. 0ᵐ33.

114. — *Le Fort Saint-André; environs d'Avignon.*

SIGNÉ A DROITE.

Bois Haut. 0ᵐ22; Larg. 0ᵐ33.

115. — *A Chateaurenard-de-Provence.*

SIGNÉ A GAUCHE.

Bois Haut. 0ᵐ22; Larg. 0ᵐ33.

116. — *Le Bec de l'Aigle; La Ciotat.*

SIGNÉ A GAUCHE.

Bois Haut. 0ᵐ22; Larg. 0ᵐ33.

117. — *Les Prés et le Chemin de Montépia; Bastia.*

SIGNÉ A GAUCHE.

Bois Haut. 0^m24; Larg. 0^m33.

118. — *Route de Casavechié; Bastia.*

SIGNÉ A DROITE.

Bois Haut. 0^m24; Larg. 0^m33.

119. — *L'Anse des Roseaux à Vallières; Royan.*

SIGNÉ A DROITE.

Bois Haut. 0^m24; Larg. 0^m33.

120. — *A Montmirail par Vacqueyras; Vaucluse.*

SIGNÉ A DROITE.

Bois Haut. 0^m24; Larg. 0^m33.

121. — *A Montmirail; Vaucluse.*

SIGNÉ A GAUCHE.

Bois Haut. 0^m24; Larg. 0^m33.

122. — *A Montmirail; Vaucluse.*

SIGNÉ A GAUCHE.

Bois Haut. 0^m24; Larg. 0^m33.

123. — *A Montmirail; Vaucluse.*

SIGNÉ A DROITE.

Bois Haut. 0^m24; Larg. 0^m33.

124. — *A Montmirail; Vaucluse.*

SIGNÉ A DROITE.

Bois Haut. 0^m24; Larg. 0^m33.

125. — *Le Port à Bastia.*

SIGNÉ A GAUCHE.

Bois Haut. 0^m24; Larg. 0^m33.

126. — *Un Tombeau; Feretti; Bastia.*

SIGNÉ A DROITE.

Bois Haut. 0^m24; Larg. 0^m33.

127. — *La Plage de Toga; Bastia.*

SIGNÉ A DROITE.

Bois Haut. 0^m24; Larg. 0^m33.

128. — *La Citadelle de Bastia.*

SIGNÉ A DROITE.

Bois Haut. 0^m24; Larg. 0^m33.

129. — *Quai du nouveau Port; Bastia.*

SIGNÉ A DROITE.

Bois Haut. 0ᵐ24; Larg. 0ᵐ33.

130. — *A Montmirail; Vaucluse.*

SIGNÉ A DROITE.

Bois Haut. 0ᵐ24; Larg. 0ᵐ33.

131. — *Les Garets, route de Bastia.*

SIGNÉ A DROITE.

Toile Haut 0ᵐ24; Larg. 0ᵐ33.

Galerie des Artistes Modernes

19, RUE CAUMARTIN, PARIS

J. CHAINE & SIMONSON, Experts

Monsieur Coulon
Commre Priseur
12 Rue de a Victoire

Paris